「ごめんなさい」

日本一短い手紙

本書は、平成二十八年度の第二十四回「一筆啓上賞―日本一短い手紙　ごめんなさい」（福井県坂井市・公益財団法人丸岡文化財団主催、一般社団法人坂井青年会議所・株式会社中央経済社共催、日本郵便株式会社協賛、福井県・福井県教育委員会・愛媛県西予市後援、住友グループ広報委員会特別後援）の入賞作品を中心にまとめたものである。

同賞には、平成二十八年四月一日〜十月七日の期間内に四万四三四八通の応募があった。平成二十九年一月二十六日に最終選考が行われ、大賞五篇、秀作一〇篇、住友賞二〇篇、坂井青年会議所賞五篇、佳作一三八篇が選ばれた。同賞の選考委員は、小室等、佐々木幹郎、宮下奈都、新森健之の諸氏である。

本書に掲載した年齢・職業・都道府県名は応募時のものである。

目次

入賞作品

大賞

［日本郵便株式会社 社長賞］

「やさしかったお父さん」へ

臨終《りんじゅう》の床《とこ》、
涙《なみだ》のごめんなさいに
一瞬《いっしゅん》甦《よみがえ》って私《わたし》を見《み》つめたね。
無言《むごん》の許《ゆる》しだったと信《しん》じます

久保　みつよ
兵庫県　62歳

「やさしかったお父さんへ」

臨終《りんじゅう》の床《とこ》、涙のごめん
なさいに一瞬甦《よみがえ》って私
を見つめたね。無言の
許しだったと信じます

「お母さん」へ

お母《かあ》さん、ごめんなさい。
実《じつ》は私《わたし》一番《いちばん》好《す》きなのは、
ばぁちゃんなの。

上杉 千里
福井県 9歳 小学校3年

一筆啓上

「お母さん」へ

お母《かあ》さん、ごめんなさい。実《じつ》は私《わたし》一《いち》番《ばん》好《す》きなのは、ばあちゃんなの。

「旦那」へ

貴方《あなた》を驚《おどろ》かせようと
コツコツ貯《た》めたへそくり。
貯《た》まりすぎて一生《いっしょう》言《い》えない
ごめんなさい。

高下 由紀子
東京都 50歳 主婦

一筆啓上

「旦那」へ

貴方を驚かせようとコツコツ貯めたへそくり。貯まりすぎて一生言えないごめんなさい。

「ママ」へ

「ごめん」って
ぼくの口《くち》はあかないんだ
口《くち》に力《ちから》が入《はい》って。
手《て》に力《ちから》を入《い》れて書《か》くよ。ごめん

佐藤　蓮
千葉県　7歳　小学校2年

一筆啓上 「ママ」へ

『ごめん』ってぼくの口はあかないんだ 口に力が入って。手に力を入れて書くよ。ごめん

「家族のみんな」へ

いつもわがままでごめんなさい。
でも本当《ほんとう》の自分《じぶん》はもっとわがまま。

大井　美羽
福井県　8歳　小学校3年

いつもわがままだけど本当はもっとわがままという意味

一筆啓上

「家族のみんな」へ

いつもわがままでごめんなさい。でも本《ほん》当《とう》の自《じ》分《ぶん》はもっとわがまま。

大賞選評

選考委員　佐々木　幹郎

ごめんなさいという言葉を、日本人は本当に多用する。単なるあいさつでも「ごめん、ごめん」など気軽にごめんなさいを使う。これが他の国へ行くとめったに言わない。日本人の生き方、日常生活のあり方がこの言葉の中から彷彿とする。

「やさしかったお父さんへ」（久保みつよさん）の作品は、様々な思いを込めてお父さんに語りかけている。臨終のお父さんは意識があったのかどうかわからない。声も出せない状態だがじっと見つめた。非常にリアリティのある、ごめんなさいという日本語を通じて最期のコミュニケーションをとった一瞬を切り取っている。これは口頭でも、メールでも伝わらない、紙に短く書く以外にない文章だ。

無言の許しだったと思うのは、ご自身がそう思われたこと。言葉は相手に届いているかいないかそんな事実に関係なく、言葉を発した本人が、自分の言葉が戻ってきたと感じることが一番大事だと思う。これが言葉の大きな役割だ。

「お母さんへ」（上杉千里さん）は、とてもかわいい素直な本音を語っている。「旦那へ」（高下由紀子さん）は、本当に謝っているのかどうかよくわからない、面白いごめんなさいのあり方だった。「ママへ」（佐藤蓮さん）は、ごめんなさいがなかなか言えないという同じようなパターンが多数あった中で、口では言えないことを文字にして書くという世界。原稿をみても、本当に力を入れて書いていて非常にほほえましい。「家族のみんな」（大井美羽さん）は、女の子らしい作品。女性の世界感が8歳で表現できている。

今回の応募作品から、日本語のごめんなさいの多様性を見ることができた。

（入賞者発表会講評より要約）

秀作

〔日本郵便株式会社　北陸支社長賞〕

「まま」へ

ごめんね。なんでかな。
ままのことが1ばんすきなのに、
ままにだけいばっちゃう。

後藤　咲音
静岡県　6歳　年長組

娘がポツリと言った一言。外ではニコニコですが、家で私（母）にだけは言いたいことが何でも言えるということかな？…と思い、嬉しい娘の悩みです。母としては。

「お母さん」へ

母《かあ》さん　ごめんなさい
あの時《とき》反対《はんたい》された彼《かれ》は
今《いま》私《わたし》の手《て》の平《ひら》にのってます

山岸　千景
福井県　55歳

「妻」へ

お姫様《ひめさま》抱《だ》っこできなくてごめんね。
もっと鍛《きた》えるからね。
君《きみ》はそのままでいいよ。

三宅　宏和
大阪府　30歳　会社員

「お母さん」へ

たまに嘘《うそ》をつくときがあります。
大人《おとな》の事情《じじょう》ってよく言《い》うけど、
子供《こども》の事情《じじょう》もあるんだよ

吉川　真央
福井県　12歳　小学校6年

「おじいちゃん」へ

おじいちゃんが建《た》てた家《いえ》なのに、
おばあちゃん家《ち》って言《い》ってごめんなさい。

刑部 結日
静岡県 12歳 中学校1年

「お母さん」へ

忘《わす》れ物《もの》をした時《とき》、
パジャマでダッシュして届《とど》けてくれて。
オシャレなのにごめんなさい。

齊藤　勇希
神奈川県　13歳　中学校2年

「わが子」へ

人様《ひとさま》のお子様《こさま》と過《す》ごす十一時間《じゅういちじかん》。
我《わ》が子《こ》と過《す》ごす四時間《よじかん》。
睡眠《すいみん》九時間《くじかん》(笑《わらい》)……ゴメン!!

坪川 由依
福井県 38歳

中学校勤務です。働くママさん。楽しく!! がんばりましょう

「天国の父さん」へ

この蚊《か》が
父《とう》さんの生《う》まれ変《か》わりだったら
どうしようと思《おも》いつつも
バシッと叩《たた》きました。

山下　菜香
福井県　35歳　会社員

「おかあさん」へ

おかあさんおねえちゃんごめんなさい
ぼくがんばるから
ぼくがっこうでがんばるからね。

遠藤　優斗
福島県　7歳　小学校1年

「同窓生の友」へ

あなた誰《だれ》?
名前《なまえ》も顔《かお》も忘《わす》れたの…
古希《こき》で祝《いわ》いの同窓会《どうそうかい》。
ごめんなさいの声《こえ》ばかり。

武藤 裕敬
三重県 71歳

秀作選評

選考委員　宮下　奈都

大賞とは少し趣の違う、誰からも愛される10篇が選ばれたのではと思う。

［入賞者発表会で中学生の作品の朗読を聴いて］　声で聴くことで、こういう作品だったのかと新たに気づかされるところがあった。それは本人が書いた文字にも表れている。例えば、「おかあさんへ」（遠藤優斗さん）の作品も、応募された手紙で読むとまた違う想いがある。可愛いのだけど切実さもある。そこに手紙の良さを感じた。

惜しくも受賞を逃した作品の中にも、素晴らしいものがあった。作品としては少し足りない部分もあるかもしれないけれど、胸に刺さって忘れられない。こういう作品は、すべての人には届かなくても、手紙を宛てた相手にはしっかりと届くに違いない。それが手紙の役割だろうと思う。そんなことを改めて感じさせてくれる作品が秀作以外にもたくさんあったことを申し添えたい。書いた人と書かれた人を想像しながら読む、そういう喜びに満ちた10篇だった。

［初めての選考を終えて］ 予備選考された作品を、時間をかけて丁寧に見て、選んだ作品はほとんど覚えているくらいじっくり読んだつもりだったが、最終選考の場で他の委員の皆さんの意見を聞くと、自分が選んだ点とは違う良さを発見したり、なるほどと感心させられたりすることがあった。４人で選ぶことの大切さ、いろいろな方の気持ち、考え方を知ることができて充実した時間だった。こんなふうに真剣に選ばれた作品は、選考に関わった全員の気持ちが凝縮された傑作揃いだと自信を持っている。本当に面白い体験をさせていただいた。

（入賞者発表会講評より要約）

住友賞

「ママ」へ

頭悪《あたまわる》くてゴメンなさい。
計算《けいさん》も漢字《かんじ》も苦手《にがて》だけど、
寿《れい》ね、勉強《べんきょう》キライじゃないんだよ。

休みじかんも遊ばず自主勉強してきたのにいつも結果が出せない。

星 寿
福島県 小学校3年

「いもうとのわこ」へ

おかあさんにおこられたら、
とりあえずごめんなさいと
言《い》ったほうがいいよ。

久保田 朔人
福井県 8歳 小学校2年

「娘」へ

娘《むすめ》がガンで天国《てんごく》へ行《い》ってしまいます
お母《かあ》さんごめんなさいと言《い》う。
私《わたし》こそごめんなさい。

中村 重子
栃木県 63歳 主婦

現在娘は入院中　あと何日も、もちません　娘は小さいころから本が大好きで小説家になりたいと言っていたので出しました。

「ママ」へ

てづくりのコロッケおいしいよ。
だけどおみせでかうママみてしまった
ごめんなさい。

小川　桃果
千葉県　6歳　小学校1年

てづくりでなくかっていた。ひみつをみつけてしまいごめんなさい

「父さん」へ

あなたが息《いき》を引《ひ》き取《と》った瞬間《しゅんかん》まで
言《い》えなかったことを許《ゆる》して下《くだ》さい。
「父《とう》さん、大好《だいす》き。」

私は中学校一年生のときに父を亡くしました。父のことは大好きだったものの、恥ずかしくて伝えることができずに突然、父が亡くなったので後悔しています。今まで言えなくて、こんな娘でごめんなさい。

辻村　有梨沙
長崎県　17歳　高校3年

「最愛の母」へ

「長《なが》生《い》きして面倒見《めんどうみ》てあげる。」って
私《わたし》の言《い》うべき言葉《ことば》だよ。
病気《びょうき》になってごめんなさい。

筋ジストロフィーと診断され病室を出た時、母が笑声で言ってくれました。

太田 浪恵
新潟県 48歳

「パパ」へ

おねがいごとがあるときだけ
「チュー」してごめんね

渡辺　瑠巴
山口県　8歳　小学校2年

「あなた（主人）」へ

「出《で》かけるぞ早《はよ》う化粧《けしょう》せんか」って
ごめんなさい
お化粧《けしょう》してこの顔《かお》なんだけど。

井上　美津江
福岡県　72歳　主婦

厚めにしっかりお化粧してるのに…。

「お父さん」へ

「今《いま》までありがとう。」
言《い》えばもう逝《ゆ》くようで言《い》えなかったの。
お父《とう》さん、ごめんなさい。

かすかな意識しかなくなってしまった大好きな父。感謝の気持ちはあふれる程あったのに言えば死を認めてしまいそうで怖く、言えなかったことが心残り。

難波 みゆき
岡山県 46歳 保育士

「旦那」へ

約束《やくそく》の三年間《さんねんかん》、
後追《あとお》うことばかり考《かんが》えてた。
今《いま》は迎《むか》えに来《き》ても逝《い》かないよ。

「三回忌まではしてくれよ」と言い残してガン闘病死した主人。
一人ぼっちの五年目を迎えて自分の一生をおくる為にやっと動きだします。

山﨑 久子
群馬県 51歳 郵便局

「母」へ

「お水《みず》、ちょうだい」
母《かあ》さんの最後《さいご》の言葉《ことば》。
私《わたし》、カラダが動《うご》かなかった、
ごめんなさい。

天野　ひろみ
沖縄県　60歳　自営

夜中、発した「お水、ちょうだい」、それが母の最後の言葉になりました。
私は介護と看病で疲れてしまい、その時「待ってね」といいました。カラダが重く動かず、
起きあがることができませんでした。人には言えない、罪責感が今でもあります。

「閻魔大王様」へ

ごめんなさい。
到着《とうちゃく》が少々《しょうしょう》遅《おく》れます。
まだ九十三歳《きゅうじゅうさんさい》。
至極《しごく》、元気《げんき》です

中村 達夫
福井県 93歳

「四才と七才の娘」へ

寝顔《ねがお》に「怒《おこ》りすぎてごめん。」ってチュ。
でも朝《あさ》がくると
また角《つの》がはえてくるんだよねえ。

石丸 裕子
岐阜県 42歳 主婦

「ママ」へ

たなばたで、
ママがおこらないようにおねがいしたの。
ないしょにしてごめんね。

竹澤　泰樹
福井県　5歳　保育園

「おかあさん」へ

いつも、たべるのがおそくて、
ごめんなさい。
だって~おしゃべりしたいんだもん。

あさの　はるき
佐賀県　6歳　小学校1年

「お父さん」へ

余命《よめい》少《すく》ない父《ちち》が
今日《きょう》は体調《たいちょう》が悪《わる》いと言《い》う。
背《せ》を撫《な》で雪《ゆき》のせいだよと私《わたし》。
嘘《うそ》ついてごめん。

佐藤　奈己
長野県　社会保険労務士

末期がんで長くないことを父本人はわかっていても、常に良くなりたいと必死でした。生きていく中で嘘は必要なときもあると強く感じました。

「お父さん」へ

私《わたし》を忘《わす》れた父《ちち》に会《あ》うのがつらかった。
だからいつも眠《ねむ》る父《ちち》に話《はな》しかけてた。
ごめんね。

伊藤　裕子
三重県　47歳　主婦

痴ほう症を患い、私の事を忘れてしまった父は、私を見ると、見知らぬ人を見るように不安そうな表情を浮かべていた。現実に向きあえず最後の日まで逃げていた私を許して下さい。

「夫」へ

「九州男児《きゅうしゅうだんじ》じゃ」が口癖《くちぐせ》のあなた。
土下座《どげざ》して泣《な》いて謝《あやま》った事《こと》は
黙《だま》っておいてあげます。

福永　房世
鹿児島県　53歳　主婦

「返事《へんじ》しろ」って
いつも私《わたし》に言《い》ったよね
じいちゃん返事《へんじ》してや
聞《き》こえんわ

刀祢　紗也子
福井県　12歳　中学校1年

去年大好きなじいちゃんが亡くなりました。会いたいです。

「結婚20年目の主人」へ

初《はつ》デートの時《とき》のお弁当《べんとう》
作《つく》ったのは母《はは》でした。
料理上手《りょうりじょうず》のふりしてごめん！

原田　優美子
石川県　41歳　会社員

住友賞選評

選考委員　新森　健之

バラエティに富んだ様々な作品が選ばれた。何回も読み返す度に持ち味がどんどん出てくるような作品ばかりだ。

まず、20編を分析してみる。応募者の年齢別で見ると20編中8編が19歳までの作品、その中でも10歳までの作品が目立つ。この年齢層は応募数も多いが、選んだ言葉の持つ力強さで賞を獲得している。一方、大人の作品もそれぞれの思いが伝わってくる。残念なのは多忙な年代だからか30～40歳代の応募が少ないので、頑張ってほしいと思う。

また、顕著な傾向として、宛先別では、20編中19編が家族宛てだった。これまでのテーマなら友人や知り合いなど宛先はいろいろだったことを考えると、「ごめんなさい」が他人には言えても家族には言いづらい言葉だということを再認識させられた。

　テーマ別で見ると、三分の二は日常生活のちょっとしたことを手紙に書いて笑いを誘う、ほのぼのとした作品だった。残りの三分の一は、涙を誘う作品が占めている。通常なら似たテーマが多いと複数は入選しないが、それぞれの良さがあり、多くが残った。亡くなった方へ手紙を書きつつ、自分自身の生きることへの強い意思を手紙で表現した作品もあった。他にも、もう会うことが叶わない親や祖父母、子供といった家族に対して、もっと話しておけば…などの後悔の念を抱えつつ、それを口に出してしまっていいものかという迷いの中で応募された作品もあった。自分の気持ちを率直に表現することで、自分が楽になったり、これからの人生に対して前向きになることができれば、一筆啓上賞があってよかったと思って貰えるのではないか。

（入賞者発表会講評より要約）

坂井青年会議所賞

「おかあさん」へ

なきまねしてごめんなさい。
ままにぎゅってしてほしかったの。

せき　だりあ
福井県　7歳　小学校2年

「大すきなお母さん」へ

入《にゅう》いんばかりごめんなさい。
でもねお母《かあ》さん一人《ひとり》じめできるから、
ぼくがんばれるよ！

有田　亘太郎
福井県　8歳　小学校3年

息子は免疫不全と言う難病で生後3ヶ月から毎日　朝晩薬を飲み続け、月に一、二回の入院を繰り返して、もう8年になります。そんな息子も、入院中は私が24時間付きっきりになる事が、嬉しいのかも知れませんね。

「よし田選手」へ

ごめんなさい。
レスリングの吉田選手《よしだせんしゅ》とわたしのせりふ。
重《おも》みがぜんぜんちがうなぁ。

バレーボールをならっているけど声が小さいしれんしゅうも…

大木　美穂
福井県　10歳　小学校5年

「ぱぱ」へ

くるまから、
いえまであるくのしんどくて、
ねたふりしてでごめんなさい。

見方　すみれ
福井県　6歳　小学校1年

「ひいばあちゃん」へ

おいでおいでしてくれたのに、
おへやに入《はい》れなくてごめんね。
あれがさいごだったのに。

山下　陽菜乃
福井県　8歳　小学校2年

佳作

「結婚五十年を迎えた夫」へ

「ごめんなさい」と、
言《い》わなくても良《い》いのです。
せめて、「そうか」と言《い》って下《くだ》さい。

内海　東海子
北海道　72歳

「お兄ちゃん」へ

いつもごめんね。
でもさ、十割《じゅうわり》中三割《ちゅうさんわり》くらいは、
お兄《にい》ちゃんも悪《わる》いよね？

加藤　優果
北海道　15歳　中学校3年

「父さん」へ

炊《た》き直《なお》しても持《も》たせたかった。
最後《さいご》の食事《しょくじ》がコンビニ弁当《べんとう》になったのは
今《いま》でも心残《こころのこ》りです

黒島　ひとみ
北海道　61歳　主婦

「息子」へ

「ごめんなさい」を言《い》わないで、
「怒《おこ》らないで。ママ大好《だいす》きなのにぃ」は
ズルいです。

関根 真希
北海道 35歳 主婦

「お母さん」へ

何秒《なんびょう》もかからない
ごめんねの言葉《ことば》を言《い》うのに
何十年《なんじゅうねん》もかかってしまって
ごめんなさい。

曽我部 美穂
北海道 44歳 主婦

「お父さん」へ

つかれたときに、
ビールを取《と》ってと言《い》われても
届《とど》かなくてごめんなさい。
大《おお》きくなるよ。

佐藤 巧
青森県 8歳 小学校3年

父《ちち》からの漁師《りょうし》のスカウト断《ことわ》ってごめん。
今《いま》なら、一緒《いっしょ》の船《ふね》で
女漁師《おんなりょうし》やってみたかったな。

梶山　晴美
岩手県　36歳　調理師

「おばあちゃん」へ

時々《ときどき》言葉《ことば》が悪《わる》くてごめんなさい。
心《こころ》が傷《きず》ついていたらもっとごめんなさい。

鈴木　侑照
岩手県　11歳　小学校6年

「宏行ちゃん」へ

住《す》む世界《せかい》が違《ちが》ってごめんなさい。
そばに行《い》ったら、
あなただけのお母《かあ》さんになります。

石川　栄子
宮城県　62歳　主婦

子供を亡くして35年。下の子供達の子育てに生きてきました。私も60代。早くそばに行って長男をかわいがりたい。

「お母さん」へ

変身《へんしん》！
かまえたしゅん間《かん》、
テレビごと敵《てき》を倒《たお》したのはぼくです。
ごめんなさい

佐藤　真樹翔
宮城県　小学校5年

戦隊ものの真似をして変身のかまえをした瞬間おもちゃが手を離れ、
テレビの画面を直撃しました。

「お母さん」へ

「私《わたし》はばあちゃん子《こ》」と
言《い》い続《つづ》けてごめんなさい。
母《はは》の偉大《いだい》さを母《はは》になってわかったよ。

自分が母になり、「小さい頃はこうだったんだろうなぁ」と色々と気付かされました。
ありがとうの気持ちを込めて、ごめんなさい。

佐藤　幸恵
秋田県　35歳　主婦

「天国の父」へ

飲《の》んだくれと憎《にく》んでいた。
戦場《せんじょう》の記憶《きおく》を払《はら》うためなの？
話《はな》したかったな、ごめんね。

娘の頃、酒に溺れる父をわかってやれなかったことが心残り。

荒澤 博子
山形県 67歳

「お母さん」へ

おけしょうしている時《とき》、
さわがしくしてごめんね。
手《て》もとがくるわないようにね。

おしい まなと
山形県　8歳　小学校2年

「ようちえんのせんせい」へ

せなかにけむしで
でんしゃつくってごめんね。
もうすこしで、
しんかんせんだったんだよ

東海林　宇宙
山形県　6歳　幼稚園年長

「天国の汐梨」へ

ごめんね…耳《みみ》かきしないで
最期《さいご》のわがままだと知《し》らなかったの
本当《ほんとう》にごめんね。

樫村　恵美子
福島県　54歳　自営業

耳かきを断った翌々日次女は、交通事故でこの世を去りました。
七回忌を終えても　まだ心にひっかかってます

「お父さん」へ

ハゲてて恥《は》ずかしいって
お父《とう》さんに言《い》ってたのに、
その上《うえ》をゆく彼《かれ》を連《つ》れてきちゃった♡

金子　幸栄
福島県　45歳　教員

「誠さん」へ

いつも同《おな》じようなお弁当《べんとう》でごめんなさい。
まさか職場《しょくば》で
〝A定食《ていしょく》〟と呼《よ》ばれてるとは…。

鈴木　なほこ
栃木県　34歳　主婦

「娘」へ

三年間《さんねんかん》、冷凍弁当《れいとうべんとう》でごめんなさい。
気《き》づいてくれたかな？
卵焼《たまごや》だけは、手作《てづく》りだったよ。

富田 利江
栃木県 50歳 会社員

「駅の案内係さん」へ

デジタル操作《そうさ》が苦手《にがて》です。
切符売場《きっぷうりば》の案内係《あんないがかり》さん、
老眼鏡《ろうがんきょう》忘《わす》れたふりしてごめんなさい。

古谷 耀子
栃木県 73歳 主婦

電車に乗る時に切符を買うのに苦労しています。

「お母さん」へ

ねている時《とき》、
つねったのは、このぼくです。
もっとかまってほしかったから。

星野　大翔
群馬県　10歳　小学校5年

「家族」へ

俺《おれ》の最期《さいご》の言葉《ことば》だ、聴《き》け！
「愛人《あいじん》、隠《かく》し子《ご》なし」安心《あんしん》しろ。
「財産《ざいさん》なし」ごめんなさい。

長坂 均
埼玉県 60歳 会社員

いつも家族に、余計な心配をかけずに旅立ちたいと思っています。

「妻」へ

「大丈夫《だいじょうぶ》、俺太《おれふと》れないし禿《は》げない体質《たいしつ》だから」
ごめん、求婚時《きゅうこんじ》は俺《おれ》もそう信《しん》じてたんだ。

小野 千尋
千葉県 56歳 会社員

「お母さん」へ

参観日《さんかんび》、
野良着姿《のらぎすがた》のお母《かあ》さんが手《て》を振《ふ》った時《とき》、
無視《むし》して御免《ごめん》ね。
今《いま》はその手《て》を離《はな》さない。

授業参観の日。母は、田植の手伝いから抜け出し、教室に来てくれました。

金子 政子
千葉県 57歳 パート

「母さん」へ

望《のぞ》んでいたような頭《あたま》のいい子《こ》にならなくて、
優《やさ》しい子《こ》に育《そだ》たなくてごめんなさい。

鎗田　彩花
千葉県　12歳　中学校1年

「おばあちゃん」へ

「私《わたし》の方《ほう》が大《おお》きくなったよ。」って
言《い》ってごめんね。
本当《ほんとう》は、追《お》い越《こ》したくなかったんだ。

鈴木　志得
千葉県　15歳　中学校3年

幼い頃よくおんぶしてくれた、大好きな祖母に、こんなに大きくなったよ。
という思いと、年老いていく祖母の姿が淋しくて、つい言ってしまった一言で、
うれしそうな、悲しそうな祖母の表情が忘れられなかったので、ごめんなさいと言いたかった。

「天国のばあちゃん」へ

初《はじ》めての新幹線《しんかんせん》に乗《の》るとき、
草履《ぞうり》を脱《ぬ》いで懐《ふところ》に。
みんなで大笑《おおわら》いしてごめん。

長野 和夫
千葉県 73歳

「肥満の息子」へ

欲《ほ》しがる儘《まま》に
腹一杯《はらいっぱい》のミルクを与《あた》え過《す》ぎて
満腹中枢《まんぷくちゅうすう》を壊《こわ》しちゃいましたね。
ごめんなさい

吉村 りつ子
千葉県 64歳 主婦

現在33才の息子。ずっと成長し続けて只今120kg位でしょうか。心配です。

「天国にいってしまったじいじ」へ

僕《ぼく》はたくさんないた。
男《おとこ》はかんたんになくんじゃないと
いわれていたのにごめんなさい。

佐藤　聖波
東京都　9歳　小学校3年

おじいちゃんがしんじゃったときにないてしまって
おじいちゃんとのやくそくをやぶってしまった。

お母《かあ》さん、
あなたを独《ひと》り遺《のこ》して
逝《ゆ》くのだけが
心残《こころのこ》りです。

清水 さくら
東京都 37歳 会社員

「娘の保育園の先生」へ

先生《せんせい》すみません。
私《わたし》がウソ教《おし》えました。
ええ、私《わたし》、
ハタチはもうとっくの昔《むかし》に。

古川　和枝
東京都　38歳　会社員

「クラスメイト」へ

「やめろ」

僕《ぼく》はこの一言《ひとこと》が言《い》えなかった。

攻撃《こうげき》が怖《こわ》かった。

君《きみ》の方《ほう》が数倍《すうばい》怖《こわ》かったのに。


自分も一緒にいじめられるのが怖くて、いじめを止められなかったことについて。

鷲田　藍十
東京都　13歳　中学校1年

「妻」へ

昨夜《さくや》、寝顔《ねがお》を見《み》た
老《ふ》けたな
明日《あした》からは大切《たいせつ》にするよ

持田 正行
神奈川 65歳

「妻」へ

52年間《ねんかん》も、
黙黙《もくもく》と食《た》べていただけで、
ごめんなさい。
「おいしかったよ」

妻がせっせと作る食事を当り前のように食べてきました。
簡単な一言「おいしかったよ」ずっと言えないできました。

細川 辰男
山梨県 76歳

「息子」へ

片親《かたおや》の息子《むすこ》
近所《きんじょ》の方《かた》に父《とう》さん元気《げんき》と聞《き》かれ
死《し》んだと答《こた》えた息子《むすこ》
離婚《りこん》してごめんなさい。

水越　安子
山梨県　54歳

田舎育ちの私と息子離婚した事知っているのに、近所の若いパパが父さん元気かと聞いてきた
死んだと答えたら二度とききませんでした。

「お母さん」へ

冷《つめ》たくしてごめん
病気《びょうき》に気付《きづ》けなくてごめんなさい
お母《かあ》さん、私《わたし》も母親《ははおや》になったよ

母の病気がわかってから亡くなった今まで、ずっと心の中で叫んでいたごめんなさいです
やっと外に出せました　ありがとうございました

阪本　裕子
長野県　34歳　会社員

「だんな様」へ

何《なん》でも「ごめんちゃい。」で
済《す》ませてしまう貴方《あなた》。
悔《くや》しいけど、
その策略《さくりゃく》はお見事《みごと》！です。

高砂　慶子
長野県　53歳　会社員

「娘」へ

勉強《べんきょう》しなさい！
お母《かあ》が子供《こども》の頃《ころ》は沢山《たくさん》勉強《べんきょう》したよ！
って言《い》うのは嘘《うそ》ですごめんなさい。

新津 信子
長野県 47歳 パート

「おかあさん」へ

あと5分《ふん》早《はや》かったら、
手《て》を握《にぎ》って見送《みおく》れたのに、ごめんね。
お母《かあ》さん、まだ温《あたた》かかった。

町田 ゆかり
長野県 59歳 自営手伝い

真夜中の病院へ急いだのに、間に合わなかった。一生後悔していくと思う。

「お母さん」へ

友達《ともだち》もいて学校《がっこう》も楽《たの》しい。

「こんな体《からだ》に産《う》んでほしくなかった。」

前《まえ》に言《い》ったひとこと。

幸田　佳奈
新潟県　18歳　高等部3年

私は車椅子に乗っていて普通の中学生、高校生の登下校の様子や、自分ができないことを見ると
お母さんに向かって言ってしまうことがありました。でも、今は友達もたくさんいて、
学校も楽しくてお母さんにあやまりたくてその時の気持ちを手紙にしました。

「亡き夫」へ

泣《な》かない約束《やくそく》をしたのに、
ごめんなさい。
意志《いし》に反《はん》して涙《なみだ》が出《で》る。
一人《ひとり》は淋《さみ》しいよ。

中川　曙美
新潟県　76歳

夫は亡くなる時に「泣くな！」と言って私の手を握り、私もうなずいたのに……

「両親」へ

子供《こども》に怒《おこ》って言《い》わせる時《とき》があるのに、
親《おや》には一度《いちど》も言《い》った事《こと》がない言葉《ことば》
『ごめんなさい』

越井　昭典
富山県　45歳　会社員

「突然逝ったあなた」へ

あなたの身体《からだ》が冷《ひ》え始《はじ》めていた
いつもの寝顔《ねがお》なのに
いつか、あの笑顔《えがお》で許《ゆる》して欲《ほ》しい

遅れて寝室に入った時、動かない主人の身体が冷たくなり始めていた。
もっと早く気付けば、と今でも悔やまれます。

賣間　亜希子
石川県　43歳　主婦

「おかあさん」へ

小《ちい》さい時《とき》けっこんしてって言《い》ってたけど、
今《いま》はすきな子《こ》がいるからできません。
ごめんね

有田 亘太郎
福井県 8歳 小学校3年

「天国のパパ」へ

亡《な》くなる前会《まえあ》えなくてごめんなさい。
わたしがママを守《まも》るから。
ちゃんと幸《しあわ》せにするよ。

五十嵐 冴樹
福井県 16歳 高校2年

「お父さん」へ

送《おく》り迎《むか》えの車《くるま》の中《なか》、
いつも思《おも》っている
「ありがとう」を口《くち》にできず、
ごめんなさい。

毎日、当たり前のことのように車で送迎をしてもらっているけど、
それに対して感謝を伝えきれていない。

大塚　一輝
福井県　17歳　高校2年

「先立った息子」へ

小《ちい》さいのに一人旅《ひとりたび》させてごめんな。
家族旅行《かぞくりょこう》、もう少《すこ》し待《ま》ってな。

奥村　耕二
福井県

「お母さん」へ

二人《ふたり》同《おな》じ顔《かお》すぎて
隣《となり》に並《なら》ぶのを嫌《いや》がって
ごめんなさい。

角谷　緋奈
福井県　16歳　高校2年

「息子達」へ

ごめん。
ごめんね。もうしないから。
今日《きょう》も母《はは》は可愛《かわい》い嘘《うそ》に
騙《だま》されてあげているんだよ。

坂尾　麻理
福井県　38歳　会社員

「夫」へ

ラブストリーの
テレビドラマを観《み》ていると、
昔《むかし》の彼《かれ》の姿《すがた》が思《おも》い出《だ》されます。
ごめんなさい

高崎　一枝
福井県　61歳　公務員

「ばーちゃん」へ

ばーちゃんごめん
ずっとブスだと思《おも》ってた。
でも棺《ひつぎ》の中《なか》のばーちゃん
めっちゃ美人《びじん》やった

竹内　明子
福井県　42歳　助産師

「宝物だった君」へ

初《はじ》めて腕《うで》に抱《だ》いた時《とき》
守《まも》り抜《ぬ》くんだと誓《ちか》ったのに
一人《ひとり》で旅立《たびだ》たせてしまってごめんなさい

土田 祐起子
福井県 59歳 主婦

「お母さん」へ

いつも頭《あたま》につのをはえさせてごめんなさい。
これからは、
頭《あたま》に花《はな》がさくようにがんばるね

直江　柊羽
福井県　9歳　小学校4年

「天国の貴方」へ

今年《ことし》は貴方《あなた》の13回忌《かいき》、
でもごめんなさい、
最近《さいきん》恋《こい》の予感《よかん》がするのです。
片想《かたおも》いですけど。

三上　栄子
福井県　73歳　パート

「父」へ

あの時《とき》何度《なんど》も
ごめんの言葉《ことば》は聞《き》いただろうね
俺《おれ》は、そんな言葉《ことば》より
もっと一緒《いっしょ》にいたい

水口　開斗
福井県　15歳　高校1年

「クラスメイト」へ

ごめんなさい。
その一言《ひとこと》がいえなかった。
それが、心《こころ》に残《のこ》る
たった一《ひと》つの大《おお》きな後悔《こうかい》。

文化祭でのもめごとについてのはんせい。

吉田　孝彰
福井県　18歳　高校3年

「お父さん」へ

メールや電話《でんわ》、
しつこすぎて着信拒否《ちゃくしんきょひ》。
愛《あい》されすぎてごめんなさい。

杉本　梨衣
岐阜県　15歳　高校1年

「バーちゃん」へ

バーちゃんのリンゴ僕《ぼく》食《た》べてないよ
ホントに食《た》べてない
ジュースにして飲《の》んだだけなんだ

阿部　広海
静岡県　28歳　会社員

「天国の夫」へ

夫《おっと》という制約《せいやく》の中《なか》の
自由《じゆう》は楽《たの》しかった。
貴方《あなた》のいない自由《じゆう》は楽《たの》しくないの。
今頃《いまごろ》遅《おそ》いね。

友達と旅行・お茶・ランチ等々いつも夫の帰宅時間、食事の用意、いつも負担に思っていた。夫が逝って自由時間ばかり。もっと気持ちよくしてあげれば良かった。後悔、ごめんね。

栄馬　啓子
愛知県

「母」へ

朝《あさ》六時《ろくじ》になると、
「おきて。」と大《おお》きな声《こえ》。
夜《よる》になると疲《つか》れた母《はは》。
私《わたし》はなんだか涙《なみだ》が出《で》た。

尾崎　みわ
愛知県　14歳　中学校2年

「夫」へ

今日《きょう》も私《わたし》の作《つく》った
節約弁当《せつやくべんとう》を食《た》べてるあなた。
ママ友《とも》ランチはやめられません。

小山　里佳
愛知県　52歳　主婦

「昔、私の手相を見た人」へ

稀《まれ》に見《み》る強運《きょううん》と才《さい》を備《そな》え
成功《せいこう》!!と言《い》われましたが、
凡人《ぼんじん》のまゝです。
謝《あやま》って下《くだ》さい。

小さい時に親が手相を見てもらったら、右記のことを言われ、親は大層期待していたようです。

安藤 美和子
三重県 68歳 主婦

「弟」へ

ごめんって、泣《な》かんといてってって。
泣《な》きながら、僕《ぼく》の筋肉痛《きんにくつう》のうで
たたかんといてってって。

奥村　颯士
三重県　13歳　中学校2年

「主人」へ

還暦《かんれき》を二人《ふたり》で祝《いわ》えて良《よ》かったね。
ただ…整形《せいけい》してたこと
今《いま》でも言《い》えずにごめんね。

山中 恵裕
三重県 60歳 生活介護支援員

「姉」へ

夜《よ》ふかし朝寝坊《あさねぼう》
片《かた》づけもろくすっぽ。
ダメ人間《にんげん》だと思《おも》ってた。
結婚式《けっこんしき》の笑顔《えがお》見《み》るまで。

瀧澤　宏直
滋賀県　22歳　学生

「空の上の父」へ

中二《ちゅうに》の時《とき》、友達《ともだち》と下校途中《げこうとちゅう》、
僧服《そうふく》の父《ちち》が向《む》こうから。
私《わたし》は一人《ひとり》で脇道《わきみち》へ。
ごめんなさい。

父には　わかっていたはず、でもそのあと一度もそのことにふれることはありませんでした。
ただ悲しそうでした

角替　幸子
滋賀県

「故郷の母」へ

帰省《きせい》した時《とき》、母《はは》は
「一万円《いちまんえん》しか出《だ》せなくてごめんね」と交通費《こうつうひ》。
僕《ぼく》の台詞《せりふ》なのにごめん。

小坂　純一郎
京都府　55歳　会社員

「両親」へ

ごめんね。障害者《しょうがいしゃ》に生《う》まれてきて。
でも頑張《がんば》るから。
一生懸命《いっしょうけんめい》、生《い》き抜《ぬ》いてみせるから。

長井　喜久子
京都府　50歳

「あなた」へ

去年《きょねん》は心配《しんぱい》かけてごめんなさい。
私《わたし》が乳癌《にゅうがん》を告《つ》げた時《とき》、あなたが流《なが》した涙《なみだ》。
忘《わす》れません。

湯浅 純子
京都府 68歳 主婦

去年私が乳癌を患い、約10ヶ月の闘病生活を送りました。夫が支え乗り越える事が出来ました。

「お母ちゃん」へ

親孝行《おやこうこう》な娘《むすめ》と言《い》われて心《こころ》が痛《いた》む。
認知症《にんちしょう》に気《き》づくまでの
傷《きず》つけた時間《じかん》を消《け》したいよ。

東城 千鶴子
大阪府 64歳 主婦

「亭主」へ

明日《あした》から貴男《あなた》は、一週間《いっしゅうかん》の出張《しゅっちょう》。
なんで私《わたし》はこんなにウキウキなのかしら…。

中野 康子
大阪府 60歳 パート

「亭主は丈夫で留守がいい」と言うけど…まさにそのとうり。夕食も作らなくていいし

「夫」へ

ごめんなさい。
お見合《みあ》い写真《しゃしん》の私《わたし》も、
お見合《みあ》いの時《とき》の私《わたし》も、
過剰包装《かじょうほうそう》でした。

中村　久美子
大阪府　71歳　主婦

「大好きな妹」へ

僕《ぼく》が使《つか》っていた
悪《わる》い言葉《ことば》を妹《いもうと》が真似《まね》して、
ほっぺたをつねられて泣《な》いていた。
ごめんね。

西田　幸大
大阪府　10歳　小学校5年

「24才、人生につまずき、悩む息子」へ

ハンディを持《も》って生《う》まれた君《きみ》に
母《はは》はごめんなさいは言《い》いません。
ただただありがとう。

満永 知子
大阪府 51歳 主婦

「兄たち」へ

ごめんな、兄《にい》ちゃんら、
正直《しょうじき》言《い》って末《すえ》っ子《こ》は得《とく》してんねん。
でも感謝《かんしゃ》してるで。

渡邉 千奈
大阪府 15歳 高校1年

「妻」へ

貴女《あなた》は熟睡《じゅくすい》していました。
私《わたし》は、そっとキスをしました。
ごめんなさい。

井上　一男
兵庫県　90歳

「お母さん」へ

お母《かあ》さんの望《のぞ》む
息子《むすこ》になれなくてごめんなさい。
でも良《い》い大人《おとな》になるからごめんなさい。

上田　健斗
兵庫県　14歳　中学校3年

「?」へ

顔《かお》は覚《おぼ》えてるけど名前《なまえ》が出《で》てこない。
話《はなし》は適当《てきとう》に合《あ》わせました。
ごめんね。あなたは誰《だれ》?

北原　雅與
兵庫県　72歳

親しく話かけられましたが名前が出てきません。話に相槌をうちながら申し訳なくて…。

「障害と共生する、全ての人」へ

あなたは、あなたの人生《じんせい》を
普通《ふつう》に生《い》きている。
「かわいそう」と思《おも》ってごめんなさい。

坂本　ユミ子
兵庫県神　59歳　会社員

「弟への愛あふれる兄」へ

レジ直前《ちょくぜん》の母《はは》のカゴ。
こっそり入れたお菓子《かし》に
無実《むじつ》の兄《あに》が叱《しか》られた
兄《にい》ちゃんホントごめん

新川 逸星
兵庫県 28歳 自営

「けんかをしている人」へ

ごめんなさいの一言《ひとこと》で
今《いま》までより絆《きずな》が深《ふか》まる。
さあ、相手《あいて》より先《さき》に
ごめんなさい。

杉本　将汰
兵庫県　14歳　中学校2年

「家族」へ

家《いえ》の壁《かべ》に落書《らくが》きしてごめんね。
でもだからって、
十八年《じゅうはちねん》も置《お》いとくことないじゃん。

竹下 綾
兵庫県 18歳 高校3年

「夫」へ

あなたを選《えら》んだのは、
あなたの名前《なまえ》が好《す》きだったからです。
元彼《もとかれ》と同《おな》じだから。ごめん。

富田 圭一
兵庫県 78歳

「お父さん」へ

作《つく》ってくれるご飯《はん》
「おいしい。」って食《た》べてるけど、
ごめんなさい。
本当《ほんとう》は味《あじ》、濃《こ》すぎだよ。

中村　舞奈
兵庫県　15歳　高校1年

「看護師さん」へ

白内障《はくないしょう》のオペ後《ご》、
若《わか》かった看護師《かんごし》さんが突如《とつじょ》老《ふ》けた。
見《み》え過《す》ぎてゴメンなさい。

永峰 敏次
兵庫県 72歳

見えるのも良し悪し。

「家族」へ

寝《ね》る前《まえ》ケンカで気《き》まずいから
「ごめん」のかわりに
「おはよう」でかんにんな。

花田　幸志朗
兵庫県　13歳　中学校2年

家族とケンカして自分が悪くないといいはり、あやまれずに寝て、
そして起きたら「おはよう」でゆるしてなという意味

「弟」へ

弟《おとうと》が作《つく》ったレゴのお城《しろ》。
少《すこ》し前《まえ》ケンカして半分《はんぶん》壊《こわ》してやった。
あの時《とき》は爽快《そうかい》。今《いま》は後悔《こうかい》。

廣島　拓哉
兵庫県　14歳　中学校2年

弟が買ってもらった新しいレゴのお城をケンカをして半分壊してしまいました。
その時は「ザマーみろ！」と思ったのですが、
今思うとひどいことをしてしまったなと思います。

天国《てんごく》の母上様《ははうえさま》、孫《まご》が生《う》まれます。
そちらでの待《ま》ち合《あ》わせ、少《すこ》し遅《おく》れます。
ごめんなさい。

麻殖生　容子
兵庫県　63歳　主婦

「へそくりをしている夫」へ

知《し》ってたよ、隠《かく》し場所《ばしょ》、
ずっと前《まえ》から。
知《し》らん顔《かお》して今《いま》まで使《つか》ってました。
すんません。

偶然見つけた夫のへそくり。全部頂いたらばれてしまうので、
ばれないように使っていました。

松川　千鶴子
兵庫県　61歳　自営業

「お母さん」へ

絶対《ぜったい》言《い》わへん。
だって悪《わる》くないもん。
何《なに》を言《い》っても絶対《ぜったい》言《い》わへん。
だって悪《わる》くないもん。

山田　倫嘉
兵庫県　12歳　中学校1年

「単身赴任中のあなた」へ

毎晩《まいばん》、夕食《ゆうしょく》の写真《しゃしん》をスマホで交換《こうかん》するけど、
本当《ほんとう》は必《かなら》ず一品《いっぴん》よけて写真《しゃしん》を撮《と》ってます。

城田 由希子
奈良県 53歳 主婦

「娘」へ

映画《えいが》に誘《さそ》うと

「二度目《にどめ》、お父《とう》さんともみた」

と笑《わら》う末《すえ》っ子《こ》。

熟年離婚《じゅくねんりこん》して、ごめんね。

竹下　ひろみ
奈良県　57歳　学童保育支援員

末っ子が中二の時、熟年離婚しました。反抗期やら経て、二十歳を過ぎ、今では黙って、別れた両親べつべつに付き合ってくれます。

「七〇歳になった母」へ

父《ちち》が死《し》んで十年《じゅうねん》。
彼氏《かれし》ができたと喜《よろこ》ぶ母《はは》に
「恥《は》ずかしい」なんて、ごめん。
輝《かがや》いてるよ!!

福島　千佳
奈良県　47歳　非常勤講師

「中学時代の友」へ

同窓会《どうそうかい》
中学《ちゅうがく》二年《にねん》の時《とき》の事《こと》
許《ゆる》してほしいと友《とも》
四十数年前《よんじゅうすうねんまえ》の事《こと》なんて
私《わたし》　覚《おぼ》えてないよ

秦　佳子
和歌山　58歳

「2才の孫」へ

お花《はな》にごめんなさいは！
孫《まご》が私《わたし》に言《い》った
えっ花《はな》がら摘《つ》みしているんだけど

市場　美佐子
鳥取県　67歳　主婦

庭のお花を大切にしてねと言っていた私が花をちぎっていると思ったようです

「息子」へ

普通《ふつう》に生《う》んであげられず、
ごめんなさい。
でも、私《わたし》の所《ところ》に生《う》まれてくれて、
ありがとう。

福原　智美
岡山県　38歳　主婦

「父、母」へ

突然《とつぜん》ごめん。
俺《おれ》、仕事《しごと》辞《や》めた。
はは、ははは。
情《なさ》けねえな。
ああ。はーあ。
近《ちか》い内《うち》帰《かえ》る。

松原　祥哲
岡山県　31歳

「息子」へ

わしゃ、
有難《ありがと》うとしっかりせー!!は
口《くち》で言《い》うたが、
ごめんなさいは
背《せな》で言《い》うただけじゃの

父子家庭で、高校生まで素直に健康に育ってくれた、息子への感謝と反省です。

大畑 佳己
広島県 45歳 自営業

「生徒のみんな」へ

真面目《まじめ》に勉強《べんきょう》するよう言《い》うけれど、
実《じつ》はしてなかった私《わたし》。
先《さき》に生《う》まれただけでごめんね。

高津　佳代子
広島県　35歳　司書

母校で働くようになり、中3の担任の先生の言葉を思い出しました。
「先生とは、先に生まれた人です。」

「西畠先生」へ

先生《せんせい》より身長《しんちょう》が高《たか》くなって、
ごめんなさい。
私《わたし》を怒《おこ》る時《とき》はいすに
すわらせてから怒《おこ》ってね

本田　芽具実
広島県　11歳　小学校6年

「天国の母」へ

農作業《のうさぎょう》でまっ黒《くろ》になった顔《かお》に
白粉《おしろい》塗《ぬ》って参観日《さんかんび》来た時《とき》
思《おも》わず笑《わら》っちゃった私《わたし》
本当《ほんとう》にごめん

今、思い出してもおかしくなるのですが、母は精一杯、娘のために、おしゃれして来たつもり　本当に傷つけたなあ、後悔しています。

畑山　静枝
山口県　68歳　主婦

「父」へ

変換《へんかん》ミスで、
「父《ちち》は我《わ》が家《や》の埃《ほこり》です」になっちゃった。
直《なお》してないけど、ごめんなさい。

渡邊　恵子
徳島県　57歳　主婦

「5年生のみんな」へ

水泳大会《すいえいたいかい》で、
一位《いちい》になれなくてごめんなさい。
みんなの声《せい》えん、
水《みず》の中《なか》でも聞《き》こえたよ。

ぼくは、小豆郡の水泳大会に出ました。苦しい時、毎日おうえんしてくれた友だちの顔や、
毎日いっしょに泳いでくれた先生の顔や、大会直前で出られなくなった、
くやしそうな友人の顔を思い出しながら、がんばったけど、一位になれずざんねんです。

角石　開
香川県　11歳　小学校5年

「おかあさん」へ

元気《げんき》な体《からだ》で生《う》まれてこなくて、
ごめんなさい。
つかれたねがお、
なんとかしてあげたい。

角石　悠
香川県　7歳　小学校2年

「一期一会のやさしい人」へ

幼《おさな》い日《ひ》の帰《かえ》り道《みち》、桃《もも》をくれたおばあちゃん。
童話《どうわ》を信《しん》じ、川《かわ》に流《なが》して、ごめんなさい。

大橋 路代
愛媛県 49歳

幼ちえんの帰りにおいしそうな桃をもらったのに、
あるお話を思い出し毒が入ってると桃を川に捨てました。

「天国の母」へ

お母《かあ》さん、ごめんなさい。
あなたの優《やさ》しさに甘《あま》え
話《はな》し相手《あいて》になれなかった。
後悔《こうかい》してます

白石 育子
愛媛県 64歳 主婦

「お母さん」へ

この世《よ》で一人《ひとり》、盾《たて》になってくれたお母《かあ》さん。
最後《さいご》まで親孝行《おやこうこう》できなくてごめんなさい。

父田　奈緒子
愛媛県　55歳　公務員

母が臨月の時、父が病死。それ以来女手一つで育ててくれた母への思いを綴りました。

「ふるさと」へ

田舎《いなか》だとか山《やま》ばっかりとか言《い》ってごめんね。
今《いま》になりあなたの素晴《すば》らしさが分《わ》かります。

井関 千晴
高知県 15歳 高校1年

ごめんなさい。
今《いま》は毎日《まいにち》お供《そな》えしてるけど、
生前《せいぜん》お茶《ちゃ》を入《い》れてあげたこと
ありません。

杉山 壬張
高知県 74歳 自営業

「お父さん」へ

小《ちい》さい時《とき》ねぼすけだと思《おも》っていました。
朝刊《ちょうかん》を配《くば》っていたのを知《し》らずに。
ごめんなさい。

濵口　くるみ
高知県　15歳　中学校3年

「母」へ

せっかくの仕事《しごと》の休日《きゅうじつ》。
でもそれは私《わたし》の通院《つういん》のために消《き》える。
病気《びょうき》になって、ごめんね。

宮本　偲乃
高知県　17歳　高校3年

「親戚のおじさん」へ

昔怪獣《むかしかいじゅう》のプラモの爪《つめ》を
伸《の》びてるから切《き》らなきゃと
切《き》ったのは私《わたし》です。
本当《ほんとう》にごめんなさい

石原 壮真
福岡県 18歳 高校3年

「パパ」へ

ゴキブリを見《み》かけると、
手《て》にはいつもパパのスリッパ、
パパごめんなさい。

パパのスリッパ大きいから（自分のでつぶれたらいやだから……？）

井上　美津江
福岡県　72歳　主婦

「おばあちゃん」へ

おばあちゃん、
私《わたし》を忘《わす》れる前《まえ》に
お話《はなし》できずにごめんなさい。

私の祖母は認知症で多分私や弟のことを覚えていません。
祖母がまだ元気に話せるうちに、たくさん話しておけばよかったと後悔しています。

草場　万緒
福岡県　16歳　高校2年

「夫」へ

ごめんね、おしゃべりで。
あなたをどんどん無口《むくち》な
聞《き》き上手《じょうず》にしてしまっているよね。

古賀 厚子
福岡県 58歳 主婦

結婚三十三年、出会ってから四十年、年々口数が少なくなる夫。
それは私のせいかもしれません

「友人」へ

何《なに》もできず
君《きみ》が壊《こわ》れていくのをただ見《み》ていた。
僕《ぼく》は守《まも》ることもできない。
弱《よわ》くてごめん。

嶋田　開
福岡県　17歳　高校3年

「弟」へ

パパに怒《おこ》られ
ごめんなさいと泣《な》きながら
姉《あね》もやったと
告《つ》げ口《ぐち》するのはやめてほしいな。

田中　風菜
福岡県　15歳　中学校3年

「お姉ちゃん」へ

お姉《ねえ》ちゃんよりも足《あし》が長《なが》くてごめんなさい、
なんてことを書《か》いてしまってごめんなさい。

辻本　穂菜美
福岡県　16歳　高校1年

「お姉ちゃん」へ

こっそりラブレターを見《み》てしまって
ごめんなさい。でも、おめでとう。

草場　日向子
佐賀県　14歳　中学校2年

「お母さん」へ

残《のこ》る電話《でんわ》の着信《ちゃくしん》。
折《お》り返《かえ》しもせず。
まさかあのまま逝《い》くなんて。
お母《かあ》さん声《こえ》が聞《き》きたい。

お母さんから、いつもの電話だと、出られず、すぐに折り返しもせずそのままにしていました。
翌日には話しも出来ない急性肺炎。お母さん何だったの？ごめんなさい！

中島　ひとみ
佐賀県　56歳　会社員

「親父」へ

親父《おやじ》よ。
たまにはごめんと言《い》えよ。
母《かあ》ちゃん喜《よろこ》ぶぞ。

松本　貞則
佐賀県　68歳

俺自身があまり言ったことがないので

「ママ」へ

もう少《すこ》しだけ、
はんこうきしようと思《おも》うので、
ゆるしてください。

ママのことは大すきなんだよ。

池永　響
長崎県　9歳　小学校3年

「亡き母」へ

「ごめんね」母《かあ》さんの最期《さいご》の一言《ひとこと》で、
長年《ながねん》の兄弟間《きょうだいかん》の蟠《わだかま》りが、
今年《ことし》の初盆《はつぼん》に解《と》けました。

生前は問題やトラブル続きでした。
しかし晩年は兄弟が仲よくなる事を願って、昨年七月九十六才で逝きました。

川上 真由美
長崎県 67歳 主婦

「にいちゃん」へ

いつもおこらせてごめんね。
いつもいつもごめんていえなかったから
てがみをかいたよ。

山下　健太郎
長崎県　6歳　小学校1年

「お父さん」へ

病院《びょういん》を好《この》まない
あなたを無理《むり》にでも手《て》をひいて、
連《つ》れ出《だ》せばよかった。
夢《ゆめ》なら覚《さ》めて。

亀田　樹里
熊本県　34歳　会社員

昨年10月7日、突然父を亡くした。会いたくて苦しいです。
信じきれず今も。後悔の日々。

「お父さん」へ

親子《おやこ》リレーで嫌《いや》がって本当《ほんとう》にごめんなさい。
最期《さいご》の思《おも》い出《で》を作《つく》れなくてごめんなさい。

古閑　心優
熊本県　12歳　中学校1年

私は小さいころからお父さんが嫌いで6年生の時の親子リレーを嫌がり、いとこのお父さんに走ってもらいました。お父さんが運動会をこっそり見に来ていたのをお父さんが亡くなって知りました。とても後悔しています。

「お母さん」へ

いつまでも納骨《のうこつ》せんでごめんね。
でも淋《さび》しかけん、
もう少《すこ》しだけ私《わたし》と一緒《いっしょ》におってね。

髙戸 ひとみ
熊本県 31歳 会社員

28才で母を亡くし、それからずっと一人で暮らしています。
大好きな母をなかなかお墓につれていく気になれず、まだ納骨せず毎日話かけています。

「妻」へ

意味《いみ》もなく怒《おこ》ってごめんなさい。
いつも正《ただ》しいのはお前《まえ》。
それが腹《はら》だたしいだけなんだ。

山内　真一
熊本県　53歳　会社員

「友だち」へ

「助《たす》けないで。あなたもいじめられるよ」
あのときの勇気《ゆうき》のなさを今《いま》も悔《く》いています。

石井 ひとみ
大分県 83歳

「初恋の人」へ

「好《す》きだ」と言《い》ってくれたのに
聞《き》こえぬふりしてごめんなさい。
私《わたし》もと素直《すなお》に言《い》えなくて

今永 惠子
大分県 69歳 主婦

もう五十五年も昔の事！今年古希の同窓会出席迷ってます

「Eさん」へ

お母《かあ》さんの介護《かいご》を手伝《てつだ》って
登校《とうこう》したんだね。
遅刻《ちこく》をきつく注意《ちゅうい》してごめんなさい。

衛藤　芙美代
大分県

「4歳の君」へ

「もう4歳《さい》なんだから」って言《い》ってごめんね。
ママ、36歳《さい》でもできない事《こと》いっぱいだ。

安達　留美
鹿児島県　36歳　専業主婦

今年妹が生まれてお兄ちゃんになった、息子へのお手紙です。

「ダイエット中の二女」へ

食《た》べたら太《ふと》る。
食《た》べずとも太《ふと》る。
許《ゆる》せ娘《むすめ》よ。
どうやらお前《まえ》は、
父《ちち》の血統《けっとう》だ。

長女も三女もやせているのに、二女だけが、かわいそうに。

猪野　祐介
鹿児島県　49歳　公務員

「両親」へ

「東京《とうきょう》には何《なに》も無《な》かった」と言《い》って
修学旅行《しゅうがくりょこう》のお土産《みやげ》を
買《か》って来《こ》なくてごめんなさい。

大園 敦河
鹿児島県 18歳 高校3年

「お母さん」へ

ごめんごめんと言《い》いながら、
同《おな》じ失敗《しっぱい》をするのはやめてください。

坂口　慈英
鹿児島県　11歳　小学校6年

「君」へ

君《きみ》は私《わたし》を「友達《ともだち》」って言《い》うけどごめん、
聞《き》く度《たび》イヤになるんだ、
だって「好《す》き」だから。

遠藤 優成
沖縄県 18歳 高校3年

「家族」へ

入院《にゅういん》した時《とき》、
お見舞《みまい》来《こ》ないでって言《い》ってごめんなさい
帰《かえ》ったら、さみしくなるから。

比嘉 風姫
沖縄県 14歳 中学校3年

「日本に住む　おじいちゃんとおばあちゃん」へ

スカイプで、一緒《いっしょ》に食《た》べたり笑《わら》ったり。

手《て》を繋《つな》げるともっと良《い》いのに、ごめんね。

檜原　未有

カナダ　12歳　中学校1年

「母」へ

いそがしいのに、
いつも私《わたし》を支《ささ》えるのはたいへんね。
中学《ちゅうがく》なのに日本語《にほんご》できねーでごめん

ラミレス えみり
アメリカ 13歳 中学校2年

総評

選考委員　小室　等

毎回のことだが、最初は入賞に値する作品がどれくらいあるかと思うことがある。しかし結果的に選ばれてみると、どの賞もそれにふさわしいクオリティを持った作品がちゃんと存在してくれることを、今回も思い知る選考会だった。

大賞にふさわしい作品は選ばれた5編以外にもたくさんあった。それは秀作も同様だ。選考会では様々な意見が出て、自分が大賞に推したい作品があっても他の委員の同意がなければその作品は大賞にはなれない。当然だけど私一人で選考するのだとしたら結果はずいぶんと違うと思う。ふと見直しても、選外にもずいぶんとよい作品がある。今回入賞しなかったけれども、入れ替わったとしても十分な役割を持って替わることができる作品ばかりで、それこそ、入れられなかった作品に対して選考委員こそごめんなさいという気持ちだ。

ごめんなさいをあらためて考えることは平素しないけど、考えたら、ごめんを言いそびれてしまっていることが往々にある。一言ごめんと言えていればよかったのについつい言えないままに時が過ぎる。今の時代を見ると益々ごめんと言わない世界になっているように思う。戦う方へ、戦う方へ向かっている。自分の正しさを言い募るだけでいいのか。こんな時代にごめんという言葉に対してもう一回思いを寄せる。そのことの大事さ。言いそびれていることはいっぱいある。応募作品たちがそのことに気づかせてくれた、そんな効果が一筆啓上賞にはある。

今回も応募作品たちによって、図らずもごめんなさいということをちょっと考えてみようよという効果があったとすれば、一筆啓上賞の意味は大いにあったのではないかと思う。

（入賞者発表会講評より要約）

予備選考通過者名

順不同

北海道

淺田 恭祐
雨谷 知佳
石上 果椰乃
石上 果椰乃
大嶋 敦子
神田 愛羽
小坂 まりな
佐々木 鈴
佐藤 珠梨
杉澤 里乃
曽我部 美穂
直江 佐季子
中上 雄子
野田 歩夢
馬場 啓
前野 桃子
町田 陽子
山口 慶大

青森県

岩本 康生
齊藤 慶斗
神 幸江
長尾 玲子

岩手県

齋藤 由佳
佐藤 真智子
關沢 香苗

宮城県

工藤 恵
小熊 美紅
寺川 岩子
西田 有吾
吉田 若奈

秋田県

斎藤 ヒサ
豊島 カヨ子
渡部 昌平

山形県

伊藤 進
東海林 宇宙

福島県

小椋 由美
小野 晃寛
上遠野 恵美
上遠野 恵生
金子 幸栄
金澤 理洋
小林 美優
齋藤 圭
坂井 静江
坂井 静江
坂井 静江
佐藤 勝子
佐藤 沙耶花
佐藤 宏
白岩 睦加
鈴木 聖奈
鈴木 千裕
鈴木 萌華
陶山 隼人
髙橋 美香
塚原 明美
つのだゆうな
冨澤 直史
豊口 卓
西村 日出子
林 とし子
矢田部 明日香

茨城県

會澤 大翔
込山 里佳
成田 直美
根本 康平
谷中 みなみ

栃木県

池田 茜
片山 久子
神野 由香
齋藤 春流
澤﨑 真由美
関内 美由貴
五月女 遥登
初澤 みゆき
細川 奈菜
村上 洋子

群馬県

青木 静子
小川 香織
織田 茉奈美
小渕 賢一
久保田 希望
小林 文樹
杉田 璋郎
杉田 璋郎
髙野 雅子
竹内 大貴
野口 久枝
福田 誠
松原 左智
山内 璃央
横地 富美子

埼玉県

浅見 邦恵
安中 貴子
竹内 綾
田中 未歩
長坂 均
樋口 さゆか
藤原 正宜
溝口 あさこ

千葉県

青山 由紀
小野寺 直美
梶原 亜矢子
熊谷 航
佐藤 敏子
鳴濱 百香
鈴木 徳真
髙﨑 久美
豊田 理佐
中野 帆乃海
永嶌 里菜
西畠 舞
仁田 樹生
萩尾 凪紗
林 雪絵
向窪 佑祥
和田 椛稟

東京都

飯草 健司
板橋 まりえ
伊丹 悦洋
伊藤 美香
井ノ上 英樹
井上 秀子
岩田 明彦
圓 成美
植木 彩葉
梅田 莉々
大川 翔玄
大隈 裕子
小野 史
倉本 匡子
五條 彰久
小林 明日美
小林 仁美
齋間 花咲
坂井 直子
榊 眞琴
坂野 喜典
佐藤 真智
菅原 孝博
鈴木 信夫
滝沢 茂幸
田中 茉里咲
冨田 典佳
長橋 利代子
藤井 純佳
古川 和枝
古川 和枝
古川 和枝
本田 絢佳
本間 順一
溝口 真那
森谷 容衣
安川 千夏子
山口 としこ
吉田 三津代

神奈川県

伊藤 とみ江
笈川 友子
大野 涼音
尾崎 信夫
小澤 泰彦
小野 仁一郎
沢田 武博
嶋貫 大雅
鈴木 邦義
鈴木 邦義
長澤 栞奈
橋本 康
降幡 美佳
水品 亜由菜
矢代 稔

山梨県

飯窪 定子
北村 華音
津田 はるみ
萩原 章

長野県

市村 綾子
岩越 正剛
内山 隆文
大野 都
小林 雅恵
島田 広之
須藤 眞理子
寺島 桂子
箱田 さち子
町田 ゆかり
宮田 小町
柳澤 麻衣
横山 かおり

新潟県

今井 良子
奥村 幸峰
近藤 さくら
櫻井 絹江
鈴木 洋子
高橋 のぞみ
田辺 寿子
中川 曙美
中川 曙美
中川 曙美
広瀬 千夏
皆川 敏子
涌井 悦子
渡部 明美

富山県

青山 藍
飯村 優美子
小室 斗暉
紺野 義二
澤井 真由美
田浦 真彩
玉木 一哉

石川県

東 恵美子
神馬 せつを
川岸 憲人
坂井 和代
西角 章
浜谷 亜希
古山 寛太

福井県

赤井 琢真
荒井 萌生
五十嵐 千聖
池田 明菜
池田 汐里
板原 茉凜
伊藤 克憲
稲葉 涼華
笛吹 孝夫
内江 愛
宇都宮 涼香
馬田 玲奈
大木 翔斗
大久保 夢叶
大嶋 洋子
大竹口 萌音
大谷 今太
大辻 彩夏
岡田 潤也
奥 海人
奥田 愛菜
奥出 智己
尾谷 美咲
垣本 絵理花
片山 真那
加藤 芳恵
角谷 翔大
金森 優希
川口 さくら
川瀬 佳洋
川端 さくら
川端 やゑ子

福井県

きし田 雪の
衣川 桃花
木村 圭佑
倉内 翔一
黒岩 千夏
小嶋 十和
小南 幸生
齋藤 都志子
さいとうはると
坂井 星空
坂下 塁飛
佐々木 真勇
佐藤 路望
しまけい
清水 麗凪
下 寛人
杉森 康一
宗 玲慈
高木 彩嘉
高島 歩
髙田 八千代
竹内 しお里
竹澤 法子
武永 裕子
竹本 優子
竹本 優子
谷川 育実
谷 峻之介
谷田 一樹
谷村 あやか
為頭 結奈
竹生 晴彦
坪川 由依
坪川 由依
どう前そう大
轟 結菜
豊岡 絢奈
鳥居 雪和
永井 孝典
中尾 晏菜
中村 奈々子
なんぶことね
南部 咲希
にしるうら
西正 伽南
西脇 愛純
則房 仁一郎
長谷川 柚衣
畑中 陽菜
番場 あおい
日種 一博
深井 弘一
深山 泉
藤田 結衣
藤田 涼菜
伏見 快都
堀 正博
本田 直美
本どうしょうた
益 唯香
松井 実玖
松本 喜太郎
三上 愛咲
水上 諒哉
南 浩美
南田 百花
宮地 那由多
向井 咲貴
向川 美空
村上 芹奈
森川 茉桜
八十嶋 章雄
山内 節子
山口 菜実
山越 真琳
山田 緋璃
山田 知佳
横山 未生
吉江 七海
渡邊 美和

岐阜県

清水 紘能
髙田 翔午
福嶋 弘子

静岡県

赤堀 もも
荒井 紀恵
井出 睦美
大石 千香代
大原 萌実
小澤 清美
鏡島 眞大
兼高 宏明
澤谷 知春
島田 秀洋
寺田 ますみ
東 みね
三宅 恒貴
村越 義久

愛知県

青山 莉音
飯沼 皓大
飯塚 佳恵
田口 あかり
中野 真由美
藤井 規子
宮岡 智子
栁田 彩那
山田 まゆみ
山本 歌恵美
山本 航大

三重県

内田 由記
梅村 和子
梅村 和子
加藤 優子
木下 わか
小林 秀夫
髙柳 洋子
中村 文香
長野 美恵子
西村 葵那

滋賀県

寺田 周人
西澤 義博
東 睦子
三浦 加織
義永 麻莉奈

京都府

猪本 麻里
奥野 操
河端 清
越賀 優
田中 望生
那須 啓人
那須 啓人
桝村 保孝
山口 素賀乃
吉村 拓実

大阪府

浮穴 佳枝
金本 美優
久保 美香
越野 和美
佐藤 良美
末原 千恵
杉村 杏子
高月 洋
竹田 タエ子
田中 みさこ
谷口 千奈
中村 久美子
夏田 信身
夏田 信身
新島 正子
西羅 こづえ
野田 陽子
平山 絹江
松田 良弘
松本 佳世子
松本 裕三子
村田 愛理
山村 良代

兵庫県

朝倉 尚哉
池田 智恵美
石田 直輝
井上 友愛
大恵 やすよ
大塚 素江
勝山 花音
金原 未侑
小西 世莉奈
小林 宏子
小林 未奈
小原 瑞希
斎藤 務
佐々木 貴美子
三田 光
渋谷 優美
髙階 万桜
田中 秀昭
丹後 あおば
照喜納 清美
照喜納 留美
友原 優希
長森 陽和
林 夏子
藤田 慎平
北條 愛優
細川 佳織
松本 日向
三宅 乃愛
村上 富美男
森脇 澪士
吉野 隆子

奈良県

岩井 文子
上木戸 政子
多田 瑛子
富田 佐恵子
富田 佐恵子
中村 栄子
西川 美津枝
早田 英美
深瀬 暉美
藤井 美華
森井 朱美

和歌山県

石井 瑞歩
榎本 翠
岡本 真由子
柿本 清美
柿本 浩二
柏木 仁美
白倉 弘幹
定兼 久美子
安原 勝美
山本 咲羽

鳥取県

市場 美佐子
笹尾 知佳
浴田 優衣
目春 陽子

島根県

沖野 充
山藤 一雄
竹内 真紀
渡邊 汐音

岡山県

川上 まなみ
高見 真由美
永谷 意蕗
福原 智美
松井 勢津子
三戸岡 一江
米田 賢司

広島県

新枝 マツ子
今田 悠月
髙山 愛海
戸屋 壽子
増田 結希愛
村上 真弥

山口県

金井 優佳
小山 しず枝
小山 由梨香
末廣 苺子
清家 李里
廣田 夏海
藤本 美桜
古田 琹歩
山田 藍
山本 佳奈子
吉見 諒

徳島県

井上 寧々
武富 直子
田渕 吏恵子
安本 生美
矢野 優太
山本 真純

香川県

安東 統仁
大西 遼弥
岸 亮吾
小山 康代
玉井 一郎
渡邉 有美

愛媛県

岡本 千春
鈴木 久仁子
次家 誠一
俊野 理英子

愛媛県

廣本 好枝
別所 優子
村山 洋子

高知県

井上 みなみ
片岡 萌杏
木下 陽太
久保田 美優
澤本 拓海
棚橋 すみえ
中山 敬也
福原 万結
町田 悠
安本 奈都

福岡県

江頭 美香
小草 智拓
小田 彩代
柿田 光
篠原 実
しもがわるな
長 康輔
ときかわりょうへい
中嶋 奏人
野津 繁子
藤田 陽愛
古野 桃子
前田 由美
森 聖毅
山下 悠希
渡部 麻菜

佐賀県

井手 心太郎
小林 凛音
出島 愛友里
野崎 桂加
村上 龍生
矢羽田 武
山下 穂乃佳
吉永 雅子

長崎県

麻生 勝行
阿比留 真寿美
今村 彩乃
真辺 由麻
永田 奈美子
初村 優果
戸次 真理子
福崎 祐子
前川 治代
前川 治代
増本 真依

熊本県

有田 まとい
井手原 風花
岩﨑 望夢
上田 れん太
上村 聡子
緒方 敦望
河瀬 樟大
藏元 弥帆
黒木 綾華
茂田 来夢
成瀬 莉歩
西方 海優
沼田 峻太郎
檜枝 亜実
益田 琹大
丸山 由佳
宮本 茉弥
依田 拓己
脇山 結歌

大分県

今永 惠子
加藤 准奈
佐藤 可奈子
佐藤 俊計
首藤 志穂
髙川 尚子
森川 剛

宮崎県

荒尾 洋一
甲斐 和十
加藤 孝二
小西 智子
布施 憲汰郎
堀之内 結菜

鹿児島県

青屋 ひとみ
青山 未来
猪野 祐介
江口 凛花
大浦 菜美絵
萱野 海森
栫 智哉
川畑 輝真
菊永 花乃
北野 健眞
久保 沙椰
芝 桜子
白坂 彩奈
白石 瑠偉
竹内 晴
土田 星河
中岡 温
中島 紗希
西田 舞子
橋口 亜希子
福元 麻友
本地川 晟
道添 泰成
宮田 葉子
山口 優里

沖縄県

大嶺 璃子
神谷 しほ

アメリカ

安藤 槙殊
杉本 心海
岑 健

カナダ

工廣 蓮
ミル 光
山田 かれん

あとがき

普段思っていても、なかなか言えないのが「ごめんなさい」の一言。手紙だからこそ相手に言える、伝わるのかもしれません。そのような日本一短い手紙「ごめんなさい」に、日本全国そして海外から、四万四三四八通のご応募をいただき、お礼を申し上げます。

日本人は、相手の気持ちを考えて言葉を使うことが多く、「ごめんなさい」と言われると、気持ちよくなったり、うれしくなったりします。心が洗われるような気がします。そのような言葉を、小学校などでは「ふわふわ言葉」と言っています。「ごめんなさい」という言葉は、相手の気持ちをふわふわさせる力を持っているのです。日本人が「ごめんなさい」を多用する理由は、このようなことが一因かもしれません。

四万通を超える手紙の中から、入賞作品を選考することは、容易なことではありません。一次選考会では、住友グループ広報委員会の皆様に大変お世話になりました。たくさんの「ごめんなさい」を目にし、口にして、ふわふわした気持ちになったのではないでしょうか。

最終選考会では、小室等さん、佐々木幹郎さん、新森健之さん、そして今回から第十三回本屋大賞を受賞された宮下奈都さんに加わっていただいて、手紙に込められた思いを、様々な角度から読み解いていただきました。

また、本書の出版では、中央経済社　最高顧問の山本時男氏はじめ、ご指導、ご協力いただいた皆様に心から感謝申し上げますとともに、日本郵便株式会社ならびに坂井青年会議所の皆様にも一筆啓上賞へのご支援、ご協力にお礼を申し上げます。

最後に、賞を逃された皆様、「ごめんなさい」。

平成二十九年四月

公益財団法人　丸岡文化財団

理事長　田中　典夫

越前 丸岡城

越前丸岡城は、天正4年(1576年)、柴田勝家の甥の柴田勝豊によって築城された平山城で国の重要文化財に指定されています。2重3層の望楼式天守は、現存する天守閣としては最古の建築様式を持ち、日本さくら名所100選にも認定された400本のソメイヨシノに浮かぶ姿は霞ヶ城の別名にふさわしく古城に美しさをそえます。

手紙のお手本として知られる「一筆啓上　火の用心　お仙泣かすな　馬肥やせ」この手紙は、徳川家康の功臣で「鬼作左」と呼ばれた本多作左衛門重次が陣中から妻へ宛てた手紙です。文中に出てくる「お仙」が、初代丸岡藩主本多成重であったことから、この手紙をモチーフに「一筆啓上賞」が誕生しました。この書簡碑は天守閣石垣の東北端に建てられています。

一筆啓上 日本一短い手紙の館

「一筆啓上 日本一短い手紙の館」は、一筆啓上賞に寄せられた手紙をただ展示するのではなく、心に響かせ、心に染み入るよう趣向を凝らした方法で紹介する、手紙文化の発信地として誕生しました。

館内でゆっくり流れる時間を過ごし、ご来館の記念にご家族や友人など大切な方へお手紙をしたためてみてはいかがでしょうか。

越前丸岡城

〒910-0231 福井県坂井市丸岡町霞町1-59
tel.0776-66-0303 fax.0776-66-0678
URL http://www.maruoka-kanko.org
ご利用時間：午前8時30分～午後5時（最終入場は午後4時30分）

一筆啓上 日本一短い手紙の館

〒910-0231 福井県坂井市丸岡町霞町3-10-1
tel.0776-67-5100 fax.0776-67-4747
URL http://www.tegami-museum.jp/
ご利用時間：午前9時～午後5時（最終入館は午後4時30分）
休館日：年末年始（12月29日～1月3日）展示替え等のため特別休館あり

［交通］ 車：北陸自動車道 丸岡ICから5分
電車バス：JR福井駅もしくはJR芦原温泉駅から京福バス利用
「丸岡城」バス停下車すぐ

［料金］ 越前丸岡城・歴史民俗資料館・日本一短い手紙の館
3カ所共通入場券 大人（高校生以上）450円 小人（小中学生）150円

日本一短い手紙「ごめんなさい」第24回一筆啓上賞

二〇一七年四月二十五日　初版第一刷発行

編集者――公益財団法人丸岡文化財団
発行者――山本時男
発行所――株式会社中央経済社
発売元――株式会社中央経済グループパブリッシング
〒一〇一－〇〇五一
東京都千代田区神田神保町一－三一－二
電話〇三－三二九三－三三七一（編集代表）
〇三－三二九三－三三八一（営業代表）
http://www.chuokeizai.co.jp/
印刷・製本――株式会社　大藤社
編集協力――辻新明美

ISBN978-4-502-23231-2　C0095